RÉFLEXIONS

TECHNIQUES & HISTORIQUES

SUR

L'ESCRIME

PAR

UN ANCIEN AMATEUR

Adolphe TERWANGNE.

Epig.
Mens sana
in corpore sano.

1891

LILLE, Imp. WILMOT-COURTECUISSE, B⁴ Victor Hugo, 4.

RÉFLEXIONS

TECHNIQUES & HISTORIQUES

SUR

L'ESCRIME

PAR

UN ANCIEN AMATEUR

Adolphe TERWANGNE.

Epig.
Mens sana
in corpore sano.

1891

LILLE, Imp. WILMOT-COURTECUISSE, Bᵈ Victor Hugo, 4.

AVANT-PROPOS

En publiant ce petit livre sur l'Escrime, je n'avais en vue que d'être agréable à Messieurs les Professeurs et le désire de ranimer, dans notre région du Nord, à Lille surtout, le goût pour cet exercice salutaire et qui, aujourd'hui, fait partie, plus que jamais, du programme de l'éducation physique dans les écoles.

Comme amateur, je ne devais pas me permettre d'offrir un Traité, comme l'ont fait des noms autorisés que j'ai eu occasion de citer. Je ne devais parler de cet art que sous forme de réflexions.

Ma brochure, à cet effet, a été tirée à 1,000 exemplaires, en 1874, et je ne m'attendais certainement pas à une deuxième édition revue et corrigée. Je ne fais que céder, en cela, à des demandes qui me flattent infiniment et que je suis heureux de pouvoir satisfaire.

Quoi de plus précieux, de nos jours, que de former des hommes pour la Patrie, la Famille et la Liberté l'objectif chez les Romains et l'idéal de la Grèce, par l'organisation des Gymnases, des Académies et des Athénées ?

Puissions-nous, sous l'empire de ces principes incommutables, reconquérir, parmi les nationalités européennes, le prestige et le rang qui nous furent si longtemps dévolus.

Si Pépin le Bref a obtenu, pour la France, après

ses conquêtes et ses largesses à la Papauté, le titre glorieux de Fille aînée de l'Eglise, on peut constater qu'en d'autres temps les Francs et les Gaulois surent se faire craindre et respecter partout, et par leur courage dans les combats, et par leur intelligence en temps de paix.

Faut-il dégénérer ? Non ; et, pour cela, il est nécessaire de ne pas confondre la liberté avec la licence et de conserver instact ce double apanage qui maintient, en une parfaite et intime harmonie, et le cœur et l'esprit, soit l'éducation et l'instruction.

Voilà les raisons qui firent songer à une deuxième édition de mes réflexions techniques et historiques sur l'Escrime.

L'accueil fait à la première édition de cet opuscule et l'effet qu'il semblait avoir produit, sur l'esprit des Professeurs et Amateurs, dans la région, et notamment à Lille, m'a fait bien augurer de cette réimpression.

En dédiant cette seconde édition à la société de St-Michel, de Gand, je ne fais que m'associer à l'esprit traditionnel et rendre hommage à une institution libre qui, à dater du XI⁰ siècle, fût éminemment utile et bienfaisante.

L'histoire a pour domaine universel : la vérité.

A MONSIEUR OUDART

Professeur d'Escrime au Lycée de Lille

━━◁◉▷━━

MONSIEUR OUDART,

Permettez-moi de vous dédier, non pas un Traité complet sur l'escrime , mais quelques réflexions touchant cet Art que vous enseignez si bien.

Avec votre méthode, vos élèves deviendront beaux et bons tireurs si la nature les a quelque peu doués, et surtout s'ils prennent goût à ce genre d'exercice.

S'ils ne devaient rester que de modestes amateurs, ils auront pu apprécier, du moins, par votre démonstration, ce que sont les vrais principes pour combattre la mauvaise tenue et la corruption du jeu dans les Armes.

L'École qui a précédé celle de 1830 et que nous appellerons l'École du chevalier de St-Georges, attachait une grande importance à la grâce dans l'Art de l'Escrime

Cette École, savait disputer aussi très-vigoureusement le coup de bouton, mais avec une sorte d'élégance et de délicatesse devenues un peu plus rares. On est, suivant l'expression technique de nos jours, *plus positif* : l'art de faire des Armes, est un peu comme l'art d'écrire dans les journaux après 1848 ; il fallait savoir éreinter son semblable pour se faire un nom...

Avec le chevalier de St-Georges, Laboéssière et Gomart, on rompait beaucoup moins ; on tirait de longeur, et l'on parait de pied ferme. Ce jeu bien que plus régulier, n'en était pas moins difficile.

Veuillez agréer, cher Monsieur Oudart, l'expression de mes meilleurs sentiments.

Ad. TERWANGNE.

A LA JEUNESSE DES ÉCOLES

Chers amis,

Vous vivez à une époque où le sort des Etats dépend essentiellement de l'éducation des peuples.

L'application de la vapeur au mouvement social imprime une activité fébrile non-seulement aux intérêts, mais aux passions. Il faut être fort pour ne pas sombrer sur cette mer agitée et sans cesse menacée par la tempête et les orages.

Ce n'est plus seulement le travail paisible qui s'impose à l'homme civilisé, mais la lutte permanente, acharnée pour jouir de ses avantages et de ses droits.

Pour sortir honorablement de cette situation, fortifiez-vous par de bonnes études et par de salutaires exercices. Exercer votre intelligence et votre corps sous la direction de bons professeurs, et souvenez-vous que pour devenir homme en ce monde, il faut être sain de corps et d'esprit. *Corpus sanum, mens sana ..*

Puisse ce petit livre vous être agréable et utile!...

Ad. TERWANGNE.

SOUVENIR

Après avoir pratiqué 35 ans l'Escrime au fleuret ; après avoir vu et connu personnellement les professeurs en renom et les plus forts amateurs de la capitale, nous croyons pouvoir nous permettre quelques réflexions touchant la démonstration d'un Art à la fois si noble, si agréable et si utile.

Dans les Traités les plus récents, il n'est, pour ainsi dire pas question du Plastron; parmi les auteurs que nous estimons le plus, tels que La Boïssière, l'Homandie, Lafaugère, Roger, Donon, Gomart, Cordeloy et Blot, aucun ne parle du Plastron à l'état de théorie.

C'est une lacune importante, selon nous, et que nous allons tâcher de combler un peu par quelques réflexions sommairement exposées.

LE PLASTRON

SOMMAIRE.

Le Plastron est la clef de l'Escrime au fleuret.....

Le véritable professeur est celui qui saït mettre à profit pour ses élèves toutes les ressources du Plastron...

L'avenir du tireur est dans les exercices du Plastron...

Il faut y revenir sans cesse quel que soit le degré de force qu'on ait atteint...

Le Plastron maintient le tireur dans les bons principes tracés par la méthode ; il évite au corps les mauvaises habitudes ; il fortifie l'aplomb nécessaire à tous les développements corporels...

Il exerce la main dans les meilleures conditions pour l'attaque, la riposte et les phrases d'épée...

Il donne le doigté sans lequel il ne peut y avoir précision, ni vitesse...

Dans la décomposition des phrases d'épée, le Plastron seul peut indiquer l'utilité des oppositions de main pour éviter les coups doubles.

APPENDICE.

Les phrases d'épée sont comme les parties du discours. Il faut savoir les décomposer pour donner à la pensée toute sa puissance.

En armes, la pensée c'est la botte.

L'Escrime, comme tous les autres Arts, est soumise à la métnode ; non-seulement cet art a sa logique, mais aussi sa philosophie....

Les méthodes, on l'a dit avec raison, sont comme les langues ; plus ou moins bien faites ; c'est le temps et surtout l'expérience, qui les perfectionne,

LES LEÇONS AU PLASTRON

PREMIÈRE LEÇON

Le Plastron considéré comme point d'appui pour la tenue, et le développement du corps.

DEUXIÈME LEÇON

Leçon de pied ferme, pour exercer la main à l'attaque, à la riposte et aux phrases d'épée. .

TROISIÈME LEÇON

Leçon d'ensemble et d'exercices préparatoires.

Nous nous abstenons de développer ce sommaire pour en laisser au professeur la libre appréciation et l'application selon son propre jugement...

Nous ajouterons seulement la réflexion suivante :

Après quelques années d'assaut, il est utile quelquefois de faire travailler, au Plastron, la partie du corps opposée au jeu habituel : Ce sera la partie gauche pour le droitier; la partie droite pour le gaucher.

On a remarqué que la partie du corps non active dans les armes, présentait souvent une déviation causée par le développement de la partie opposée; c'est donc pour rétablir l'équilibre dans le développement musculaire de la partie gauche, et de la partie droite, que ce double travail est recommandé.

L'ASSAUT

Nous ne voulons, certes, pas entrer dans la discussion touchant les différentes phrases d'épée dans l'Assaut.

Nous dirons seulement que, fidèle à nos convictions en fait d'armes, résultat de patientes observations, deux exercices préparatoires sont utiles pour bien débuter dans les assauts.

L'un, a trait à l'exercice de la main pour trouver facilement l'épée dans les deux lignes, la ligne haute et la ligne basse ; pour parer activement toutes les attaques d'un adversaire ; pour riposter du tact au tact et bien marquer les oppositions pour se garantir.

Cet exercice consiste à placer l'élève ou l'un des tireurs, contre un mur ou un point d'appui quelconque et tirer sur lui à toutes feintes.

Lorsque ce premier exercice a obtenu les résultats voulus, c'est-à-dire, la précision et la vitesse à l'aide d'un bon doigté, alors on fait le contraire ; c'est l'élève qui, à son tour, tire à toutes feintes sur l'adversaire placé contre le mur ou tout autre point d'appui.

Dans ce second exercice ce sont les jambes et la main réunies qui agissent, qui dirigent les attaques, les régularisent et qui impriment aux ripostes le suprême degré de précision et de vitesse.

Nous avons été témoin des meilleurs résultats obtenus par ces deux exercices préparatoires pour l'assaut ; nous en avons jugé par nous-même et c'est pour cela que nous les recommandons tout particulièrement aux professeurs.

Nous avons vu de très forts amateurs de notre temps revenir souvent à ces deux exercices. Nous pourriòns citer, entr'autres, MM. Ernest Legouvé, Choquet, le baron Bénoist d'Azy, le comte de l'Angle le prince de Craon, lord Seymour et le duc de Vicence.

Ces messieurs, gens de bon goût et très-éclairés en tous points, ne dédaignaient pas non plus le Plastron pour la main et la régularité de leur jeu. Ils étaient un peu de l'opinion de l'illustre Rollin qui recommandait dans ses écrits de ne jamais rompre totalement avec l'enseignement élémentaire. On sait que L'abbé de Condillac, lorsqu'il enseignait à son élève la philosophie. ne passait pas un jour sans lire avec lui un chapitre de la Grammaire française, voire même une leçon de Catéchisme...

Socrate le plus savant de son temps, ne disait-il pas que ce qu'il savait c'est qu'il ne savait rien.

Qu'on aime à voir de tels hommes s'incliner ainsi?...

L'ÉPÉE

—

Monsieur Laboëssière, maître d'armes des anciennes Académies du Roi, des écoles royales, Polytechnique et d'équitation, le contemporain et l'ami du chevalier de St-Georges, fait ainsi l'éloge de l'épée :

« L'épée, dit-il, est l'arme la plus ancienne que l'on connaisse, et elle fut constamment en honneur chez les peuples belliqueux. De tous temps, un homme portant l'épée a été respectable et sacré. C'est cette arme qui a fondé les empires, qui en a soutenu la gloire; c'est par elle que les Grecs et les Romains se sont illustrés. Parmi les nations modernes, les Français ont toujours joui de l'avantage de s'en servir glorieusement. Jusqu'à l'invention de la poudre à canon, elle fit la force des armées et décida du sort des combats. C'est par elle que les Perses, les Mèdes établirent leur puissance ; les Grecs qui les suivirent, lui durent leurs succès, et enfin, c'est par elle que les Romains firent la conquête du monde entier.

Chez tous les peuples cette arme a été la marque distinctive des chefs ; et dans les emblèmes, elle représente encore l'autorité.

Les anciens Gaulois, nos aïeux, n'ont pas eu moins de respect pour cette arme que les peuples qui les avaient précédés dans le chemin de la gloire. »

Et en effet, l'histoire nous dit que les Gaulois, animés d'un courage qui dégénérait quelquefois en témérité, combattirent plus d'une fois entièrement nus pour faire voir qu'ils ne comptaient que sur leur force et sur leur valeur.

Ces sentiments de bravoure passèrent dans le cœur des Français, et l'histoire en fournit une quantité de preuves. Quand Richard 1er, roi d'Angleterre renouvela l'usage des arbalètes, les Français refusèrent de se servir de ces armes, qu'ils appelèrent *perfides.* «Avec elles disaient-ils, un poltron à couvert,
» pourrait tuer le plus vaillant de tous les guerriers;
» nous ne voulons devoir la victoire qu'à nos lances
» et à nos épées...»

Ces sentiments de générosité, dit l'historien, ont vécu jusqu'à nos jours.

En 1702, un chimiste romain, nommé Poli, avait découvert une composition nuisible, dix fois plus destructive que la poudre à canon. Il vint en France, et offrit ce dangereux secret à Louis XIV.

Ce prince eut la curiosité de voir l'effet de cette composition: il en fut effrayé; Poli essaya vainement de lui faire sentir les avantages qu'on pourrait en retirer pour la guerre.

« Votre procédé est ingénieux, lui dit le roi,
» l'expérience en est terrible et surprenante; mais
» les moyens de destruction employés à la guerre
» sont suffissants: je vous défends de publier celui-
» là. » Ce fut à cette condition, qu'il gratifia le chimiste d'une récompense digne de lui.

Les Français toujours jaloux de se montrer terribles
à l'arme blanche, ne rejettent plus les autres moyens
de défense.

L'épée est une arme essentiellement française et
tout homme bien élevé doit apprendre à la manier.

Ce furent les Italiens, encouragés par Marie de
Médicis, qui propagèrent en France le goût pour
l'escrime au fleuret.

Ce fut le signor Fabiani, le compatriote du maréchal
d'Ancre, (Concini) qui fut appelé par la Reine-Mère,
pour enseigner cet art aux Gentils-hommes de sa Cour,
et pour former des professeurs dans les armées
françaises.

Mais les Italiens inaugurant en France ce genre
d'enseignement, y apportèrent aussi leurs mœurs et
leur esprit vindicatif.

Les bravi, ces sortes d'assassins qui faisaient métier
pour de l'argent, ou pour quelques faveurs des Grands
de tuer ceux qu'on leur désignait, se montraient dans
les grandes cités du royaume comme on les voyait à
Naples, à Gênes et à Florence:

« Sous un ciel plus riant, d'une douleur profonde ;
» Le poison ou le fer, sont les seuls médecins. »

Après le depart de la Reine-Mère, exilée à Cologne,
le cardinal de Richelieu prit des mesures sévères
contre les sicaires et les spadassins ; les maîtres
d'armes furent même momentanément suspendus
dans les armées du Roi.

Sous le ministère de son successeur, Mazarin, on
vit de nouveau les bravi se mêler aux frondeurs,

soit pour servir leurs desseins, soit pour les déjouer.

Mazarin savait manier en politique l'arme à deux tranchants, et dans cette circonstance il ne s'en fit pas faute. La journée des Dupes le rendit tout puissant.

Malgré tout, les maîtres d'armes italiens ne conservèrent pas longtemps la supérioté comme démonstration. Déjà, dans les armées du Roi, s'étaient formés des maîtres français qui imprimaient à l'escrime une nouvelle direction.

La méthode italienne qui avait pour objet de perforer adroitement un adversaire usant à cet effet, de toutes les ruses possibles, se trouva peu à peu modifiée par les mœurs et le caractère français.

L'esprit chevaleresque plus grand, plus loyal, plus généreux, devait relever ce noble exercice.

Les costumes élégants du siècle de Louis XIII et de Louis XIV, appelaient la grâce et la bonne tenue.

Bien qu'on dise vulgairement que l'habit ne fait pas le moine, nous dirons nous que le costume révèle quelque chose de l'esprit du temps; il montre, au moins, quel en fut le goût: c'est comme le trait qui ajoute à la physionomie des personnages.

Louis XIV, dit Voltaire, eût le mérite de bien voir et d'inspirer au moins, de la grandeur à tout ce qui l'entourait, et même à la nation toute entière.

Il semblait que la nature eût p is plaisir à le former pour le rôle brillant qu'il devait jouer.

Il était d'une haute et riche taille ; d'une figure belle et majestueuse et d'une physionomie qui semblait ne convenir qu'au commandement.

Buckingham, le plus bel homme de l'Angleterre, le confident et l'ami de Charles 1er et qui très-souvent était à la Cour de France, admirait Louis XIV enfant, et préconisait avec bonheur l'éclat futur de son règne.

Anne d'Autriche souriait gracieusement à ce pronostic...

Louis XIV cultiva les armes comme les autres exercices du corps, quand il fut en âge pour en profiter.

Il eût pour professeur non pas un Italien, mais un français de qualité, le chevalier de St-Ange, le premier qui sut apporter de réelles améliorations à l'enseignement de cet art.

C'est véritablement à partir du règne de Louis XIV que l'escrime reçut en France, une protection efficace. On en consacra l'institution par des règlements et des statuts qui honorent à la fois, et le souverain et les artistes.

Les maîtres d'armes, à Paris, formèrent une Corporation qui prit le nom d'Académie, et dont les membres au nombre de vingt, avaient seuls le droit de tenir salle ouverte. Pour en faire partie, il fallait un noviciat de six années comme Prévôt-Garde de salle, et subir une épreuve publique en tirant avec trois maîtres reçus.

Louis XIV, par lettre patente de 1656, accordait aux six plus anciens maîtres, après vingt années de

professorat, la noblesse transmissible à leurs des-
cendants. Il leur accorda aussi pour armoiries deux
épées en sautoir sur fond d'azur, et quatre fleurs de
lys surmontées d'un baume.

C'était reconnaître honorablement les services
qu'ils avaient rendus à l'Etat.

Ce fut le chevalier de St-Ange qui, par son crédit
obtint du Roi cette faveur pour l'Académie de Paris.

Il se forma ensuite d'autres Académies en province
toujours avec la sanction du Roi.

Il est incontestable que l'escrime protégée et
enseignée comme le voulait Louis XIV, avait déve-
loppé dans le cœur de ses sujets, cette susceptibilité
d'esprit qu'on nomme *le point d'honneur*.

C'était alors le mobile des grandes actions, comme
il le sera toujours chez nous, quoiqu'il arrive...

Les généraux à qui était confié le commandement
des armées en campagne, tels que, Condé, Turenne,
Catinat, Vendôme, Villeroi, Laferté et Boufflers,
savaient mettre à profit ce noble sentiment, en
donnant l'exemple de toutes les vertus militaires : le
courage, l'abnégation et la générosité.

– Quelquefois *le point d'honneur* mal défini pouvait
amener des conflits d'amour-propre qui prenaient
d'inquiétantes proportions.

L'histoire rapporte que lorsque Catinat comman-
dait en Italie, les duels devenaient tellement fréquents
qu'il fut obligé pour y porter remède, d'avoir recours
à des mesures extrêmes. Une ordonnance parut qui

condamnait à mort tout militaire qui dans une rencontre, tuerait ou blesserait son adversaire, un com-
pagnon d'armes.

Les chefs de corps ne devaient la permission de se
battre qu'à cette condition.

Inutile d'ajouter que la mesure produisit son
effet.

Il y avait, au dire d'Alexandre Dumas, sous Louis
XIII, de rudes jouteurs en fait d'armes.

Porthos, Athos, Aramis et D'artagnan, tous les
quatre mousquetai es du Roi, ne se mouchaient pas
du pied, comme cela se dit militairement, et malheur
à qui croisait le fer avec eux toujours armés de fines
lames d - Tolède!...

Malgré le courage et l'adresse de ces terribles
bretteurs, nous doutons fort qu'ils eussent rivalisé
avec les tireurs qui se sont formés après l'usage des
masques dans l'assaut. (1)

_____

(1) C'est à M. Laboessière, le professeur de St-Georges qu'on
doit l'inappréciable avantage du masque de fil-de-fer, générale-
ment en usage aujourd'hui. Avant lui, on se servait de masques
de fer blanc d'où l'on tirait le jour par une fente. mais la dureté
du fer était fort incommode sur la figure; par cette raison on s'en
servit peu et les tireurs alors couraient risque de se blesser. Les
nombreux accidents arrivés donnèrent à M. Laboessière l'idée
des masques actuels.

La question du gilet d'armes a aussi une grande importance
de nos jours où l'on ne tire pas toujours de pied ferme et où l'on
vise beaucoup à prendre des tems. On ne saurait trop se précau-
tionner pour éviter les accidents.

L'auteur de cet opuscule, en 1846, malgré une très-bonne veste
d'armes en buffle, a reçu, dans la salle de M. Bertrand, à Paris.

Nous nous demandons ce qu'eussent fait ces
quatre fameux mousquetaires du roi Louis XIII,
contre le chevalier de St-Georges et M. le comte de
Bondy; contre les foudroyantes ripostes de notre
illustre maître, M. Bertrand et de son ex-prévôt,
Robert aîné; contre les attaques à l'épée du baron de
Bazancourt et de lord Seymour; et enfin, contre les
jeux si corrects et si fins des Gomard, Fabien, Lafou-
gère, Mathieu Coulon, Gatchaer père et Cordeloy
père et fils?

Les mousquetaires de Louis XIII, suivaient encore
la méthode enseignée par Fabiani, méthode qui
consistait à tirer le bras tendu en inclinant fortement
la tête en avant, toujours la pointe au corps pour
inquiéter l'adversaire, le harceler, et le piquer le plus
souvent en ligne basse.

L'école française et surtout celle de 1848, a fait
justice de la méthode italienne par l'usage de la quarte
écrasée, des froissements à l'épée et de la flanconade,
et encore, de la parade de seconde en sautant en
arrière.

Au dire de M. le baron de Bazancourt, c'est

---

un terrible coup de fleuret démoucheté, entrant sous l'aisselle
droite et sortant au-dessus de l'épaule gauche après avoir frôlé
la nuque.

Cette blessure qui dans ces régions devait avoir les plus
graves résultats a beaucoup étonné les médecins chargés de
sonder la plaie.

Six jours après l'accident, le blessé faisait un assaut de la
main gauche avec celui qui l'avait ainsi mis à la broche.

Avis aux négligents et aux imprudents.

aujourd'hui l'école française qui domine en Italie. A Naples, à Venise, à Florence, à Bologne et à Ferrare, dit-il, dans une relation de voyage, on y rencontre de très-forts tireurs à la française.

L'ESCRIME

ET LA

BIENFAISANCE

Ceux qui cultivent l'escrime ont ordinairement bon cœur et les malheureux ne frappent pas en vain à leurs portes.

En 1870, après la paix, il fallut compter les victimes et s'occuper des nombreux orphelins laissés sans ressources.

La charité sous tous ses aspects, se mit à son tour en campagne et notre région du Nord, selon ses habitudes, voulut payer largement et intelligemment son tribut à la misère.

Quoi de plus intéressant que les petits enfants, cette éternelle recrue du genre humain, comme le dit l'immortel Bossuet?

. Les Comités, on se le rappelle, rivalisèrent de zèle pour arriver aux meilleurs résultats.

Ce fut alors qu'on organisa des assaut d'armes au profit des orphelins de la guerre.

Nous rédigeâmes, à cette occasion, pour le *Courrier Populaire*, deux articles qui produisirent leur effet, et qui n'ont pas peu contribué, croyons-nous, aux résultats obtenus.

Nous reproduisons ici l'un de ces deux articles non pas pour en tirer vanité, mais pour rappeler qu'en qualité d'ancien amateur d'escrime, nous ne sommes pas resté indifférent devant les actes de la bienfaisance lilloise, ni complètement étranger aux souffrances de cette époque.

Voici notre article du 10 Octobre 1871 :

UN GRAND ASSAUT D'ARMES

AU PROFIT DES

ORPHELINS DE LA GUERRE

Demandez aux médecins philosophes comme l'était par exemple, Cabanis, pourquoi l'escrime pratiquée comme elle le fut de tous les temps, provoque chez l'homme bien élevé, le développement des plus nobles facultés ; pourquoi en lui donnant la force, la grâce, l'agilité et la dextérité, elle le dispose à être bon, généreux, bienfaisant. Le savant docteur vous répondra qu'entre le physique et le moral il existe des rapports intimes, manifestes et solidaires. *Corpus sanum, mens sana.* Telle était l'inscription placée au frontispice des gymnases chez les Grecs et reproduite chez les Romains. *Corps sain, esprit sain.*

Nous sera-t-il permis, à l'occasion de cette réunion de professeurs et amateurs de l'escrime, réunion dont le motif est si louable, de rappeler l'utilité de cet art en tout temps et en tous lieux ?

Ce fut à partir de la régence de Marie de Médicis que l'escrime en France, prit faveur.

Ce furent les Napolitains et les Florentins attirés par les encouragements de la Reine-Mère, qui

répandirent le goût pour cet art dont, il faut le dire,
on abusa étrangement, plus tard, sous Louis XIII et
Louis XIV. L'épée qui ne devait servir que les
nobles causes servit quelquefois les basses intrigues
et les passions désordonnées.

Toutefois, on lui doit beaucoup, car dans les classes
élevées il a su faire respecter haut et ferme, le point
d'honneur en toute occasion

Si nous voulons remonter plus avant dans l'histoire de l'escrime, ouvrons les annales d'une société
célèbre et qui existe encore chez nos plus proches
voisins. Nous voulons parler de la société de St-
Michel qui, chez les Gantois date du XI* siècle.

Cette association qui fut d'abord une confrérie,
avait placé sous le patronage de St-Michel le courage et le dévouement, les véritables soutiens du
droit et de la justice dans les sociétés; aussi, vit-on
les plus illustres noms de la chevalerie en Europe,
y figurer avec distinction...

Plus tard, on y cultiva l'escrime dont on avait
tant besoin pour combattre son ennemi corps à
corps sur les champs de bataille et quelquefois en
champ clos...

Aujourd'hui encore, parmi les cents membres qui
la composent, chiffre d'admission dès l'origine et
toujours respecté, on y trouve les hommes les plus
distingués de toutes les classes: magistrats, savants,
artistes, etc., tous aimant et pratiquant l'escrime.

Espérons que ce genre d'exercice reprendra
faveur chez la jeunesse de nos contrées qui, à
d'autres époques, comptait aussi de forts tireurs.

Nous n'entendons pas faire ici l'apoligie de cet
art comme moyen de destruction; assez d'autres
plus expéditifs sont à l'ordre du jour!... Mais
comme nous le disions au commencement de cet
article, pour rappeler chez nous les qualités toutes
françaises: la politesse, la bienveillance qui con-
duisent à des vertus qui sont de tous les temps et qui
honorent une grande nation, nous voulons parler de

la sobriété dans les plaisirs sensuels, du courage dans l'adversité et de l'amour de la patrie.

Nos citoyens ne peuvent mieux encourager ce genre de plaisir et de bonne éducation qu'en assistant dimanche prochain à ce grand assaut d'armes. Le but de cette réunion doit attirer beaucoup de monde et disposera, peut-être, quelques professeurs en renom dans la capitale à venir aussi nous encourager par quelques assauts de la grande école.

Nous leur prédisons, à Lille, l'accueil le meilleur et une belle recette pour l'œuvre à laquelle nous les convions.

C'est aux jours de cruelles épreuves qu'il faut en appeler aux confraternités. Cette fois, nous sommes assurés, à l'avance, d'être écouté et de pouvoir apprécier des talents supérieurs dans l'art de rendre les hommes plus vigoureux et quelquefois meilleurs.

Adolphe TERWANGNE.

Ces réflexions, envoyées à Paris à l'honorable M. Ernest Legouvé, eurent les meilleurs résultats.

MM. Robert aîné et Pons s'empressèrent de répondre à l'invitation qui leur était faite.

En adressant l'article ci-dessus à M. Ernest Legouvé, nous savions bien que la démarche serait couronnée de succès.

Homme de cœur et homme de bien dans toute l'acception du mot, ayant aimé et pratiqué, comme nous, l'exercice au fleuret, jusqu'au jour où l'âge dit: c'est assez. M. Legouvé, directeur de l'Académie française, possédant une large indépendance, est resté, à Paris, le protecteur de cet art qui fut, pour lui, à travers ses nombreux travaux littéraires, la plus agréable et la plus salutaire distraction.

Nous nous croyons autoriré à ajouter que ce genre de distraction a aussi contribué à lui conserver la santé, le libre exercice de ses belles et brillantes facultés, et enfin, cette chaleur d'âme qui se reflète dans ses écrits et dans ses conférences publiques. (1)

Tous les genres d'exercice sont salutaires à la jeunesse et profitent à la vigueur corporelle et bien

---

(1) Monsieur Ernest Legouvé, notre Contemporain, est l'homme utile, par excellence, par ses écrits et ses conseils en fait d'éducation.

aussi à l'énergie morale; mais dans des conditions variées plus ou moins utiles et plus ou moins complètes.

L'escrime a cet avantage lorsqu'elle est bien enseignée, c'est d'armoniser le développement norma' de tous les ressorts de la vitalité corporelle et de leur imprimer des flexions gracieuses. Dans cette exercice, on trouve la force, l'agilité et la dextérité unies à l'élégance et la grâce; et comme l'observe le savant Cabanis, dans ses profondes études sur les rapports du physique avec le moral, la grâce corporelle amène bien un peu les grâces de l'esprit et la pureté de l'âme: *Corpus sanum, mens sana.*

LES COURS D'HONNEUR

En même temps que nous faisions, dans le *Courrier populaire*, l'éloge de l'escrime, nous avions occasion de parler des cours d'honneur.

Notre but était de calmer l'effervescence qui, à la suite des grands événements dans la politique, s'empare des esprits, occasionne des querelles et trop souvent des duels entre gens de différents partis.

Voici ce que nous avons cru devoir dire en 1871 :

On sait qu'il existe, depuis quelques années, en Autriche et en Russie des arbitres pour juger les cas de duel.

Dans l'armée ce sont les chefs supérieures, comme en France, qui donnent ou qui refusent les permissions en pareil cas (1).

---

(1) Entre officiers on ne demande pas; on n'avertit qu'après. Pour les sous-officiers et soldats c'est une consigne, on accorde au rapport parce que l'on sait d'avance que la rencontre n'aura pas de suites graves, le maître d'armes étant là pour empêcher les mauvais coups. Parfois cette précaution peut être sans effet.

Dans l'ordre civil, il faut se soumettre au jugement d'une sorte d'aréopage appelé *Cour d'honneur*,
avant de venger une injure ou une provocation.

En France, dans l'état actuel de nos mœurs poli-
tiques on comprendrait difficilement cette mesure.

Depuis les fameux *Edits des rois de France*, notamment ceux de Louis XIII et de Louis XIV, on a
beaucoup disserté sur le duel qui, au point de vue de
l'humanité peut être un crime, et qui, dans l'état
social, peut avoir son excuse.

Pour abolir complètement cet usage, tout barbare
qu'on le dise, il faudrait compter pour rien le sentiment d'honneur et placer plutôt sa gloire dans le
pardon des injures que dans les susceptibilités de
l'amour propre, du tempérament et de l'éducation.
Cela nous paraît bien difficile pour ne pas dire im-
possible. .

Les saints font exception dans l'humanité!...

Nous avons vu, en tous temps, les hommes les
plus purs et les plus patients, ne pouvoir souffrir
une injure qui blessait leur délicatesse.

M. de Chateaubriand dit quelque part qu'un hon-
nête homme doit préférer la mort au déshonneur.

On se souvient du duel de Benjamin Constant,
malade et presque paralysé et se faisant porter sur
le terrain dans un fauteuil à la Voltaire, essuyant
ainsi le feu de son adversaire.

Les cours d'honneur ont donc leur raison d'être
puisqu'elle ont pour mission de sauvegarder un
noble sentiment qu'on ne saurait neutraliser dans
le cœur de l'homme de race.

Il serait à désirer que, chez nous, comme en Autriche, tout le monde se soumit à leurs jugements.

Qui pourrait les récuser parmi les combattants
loyaux? Les hommes vraiment braves, ayant eu le
malheur d'insulter quelqu'un dans un moment d'em-
portement, n'éprouveraient pas de répulsion à se
soumettre au jugement d'hommes impartiaux et
soucieux de l'honneur de leurs citoyens.

Les cours d'honneur ne seraient peut-être pas du goût des gens querelleurs à propos de bottes ou de ceux qui n'ont pour arguments que la force de leurs bras ou l'adresse de leur poignet. Mais ceci importe peu.

Ces institutions arbitrales nous semblent donc un bienfait pour régler d'une manière sage et équitable les questions de délicatesse et de haute convenance dans l'état social

LA SOCIÉTÉ GANTOISE

DITE

SOCIÉTÉ DE SAINT-MICHEL

Nous regrettons beaucoup de ne pouvoir donner dans ce petit livre un plus complet aperçu historique sur cette association qui a toutes nos sympathies.

Les archives de cette Institution, qui date du XIᵉ siècle (1042) furent brûlées, dit on en 1830.

Le roi Guillaume 1ᵉʳ, le prince Frédérick, son frère, et le prince d'Orange, comptaient parmi les 100 membres de l'association, chiffre fixé dès la fondation.

Ce fut là le motif de la destruction de ses archives par les insurgés de 1830.

Ce que nous savons, c'est qu'avant d'être la plus splendide salle d'armes de l'Europe, la Société de St-Michel était une confrérie, gardienne de l'ordre public et des intérêts de la cité.

Elle devait être probablement ce que fut en France à la même époque, la confrérie de Dieu dite la *Trève du Seigneur*.

Au XIᵉ siècle, on le sait, la France comme la Flandre, n'était qu'un vaste champ de bataille sur

lequel chacun venait tour à tour venger ses injures ;
il n'y avait point de seigneur qui ne fît la guerre à son
voisin ; on ne voyait partout que meurtres, massacres
et combats, chacun prétendant avoir droit de se faire
justice à main armée. On ne pouvait arrêter tout d'un
coup cet horrible désordre : on se servit de la religion
pour le modérer un peu et pour préparer les esprits
à le voir plus tard cesser tout-à-fait : il fut convenu
qu'en mémoire des derniers mystères de la vie de
Jésus-Christ on ne pourrait rien prendre par force, ni
tirer vengeance d'aucune injure

Cet arrangement fut appelé la *Tréve du Seigneur*:
Mais il ne subsista pas longtemps, et les même excès
recommencèrent.

Alors des hommes de tous rangs, de toutes profes-
sions, formèrent une sainte association contre les
brigands qui s'obstinaient à couvrir de sang et
d'horreurs le pays qui les avait vus naître ; cette
confrérie fut appelée *Confrérie de Dieu*.

Ceux qui en faisaient partie s'engageaient par
serment, à poursuivre vivement les factieux qui
troublaient le repos de l'Etat et de l'Eglise.

Leurs signes distinctifs étaient de petits capuchons
blancs et une médaille sur laquelle on voyait repré-
sentées la figuré de Jésus-Christ et celle de Marie. On
prétend qu'on dut l'idée de cette confrérie, si respectable par son but, à un simple paysan qui assura,
qu'étant à son travail dans une forêt, la Vierge lu
avait apparu et lui avait donné une médaille où elle

était représentée aux genoux de son fils avec cette
légende : *Agnus Dei, qui tollis peccata mundi, dona
nobis pacem.*

Il s'autorisa de cette vision pour exhorter, au nom
de Dieu, les évêques à prêcher la paix, et à s'unir à
lui pour empêcher les brigands et la dévastation.

Lorsque Baudoin, comte de Flandre, partit avec
les croisés pour la Terre Sainte emmenant avec lui
nombre de grands seigneurs, les villes et les châteaux
furent souvent saccagés par les vilains ; partout on
pillait et on incendiait.

C'était, sans doute, pour combattre aussi le brigan-
dage que se forma la confrérie dite de St-Michel et
qui établit son siège à Gand, alors la ville la plus
importante de la Flandre orientale.

Cette sainte association après avoir rendu les plus
grands services à la religion et à l'état dans des
temps barbares, a voulu se perpétuer pour encourager librement dans les sociétés modernes, ce qui
est beau, ce qui est bon et utile.

Si, comme l'a dit Montesquieu, les sociétés com-
mencent par l'épée et finissent par la plume, il est
bon de savoir se servir, à l'occasion, de l'une comme
de l'autre.

Ce petit livre, s'adresse surtout à la jeunesse des
écoles. Ceux qui le liront trouveront, peut-être, que
l'auteur a bien longuement bavardé pour traiter un
sujet aussi minime.

A cela nous répondrons ce que disait un des plus
profonds économistes de notre temps, le duc de

Gaëte, lorsqu'il offrait au public ses deux gros in-folios sur l'art de ménager le pot-au-feu dans la famille et dans l'État (1).

Ma seule ambition littéraire, en cette circonstance, a été d'être utile et agréable.

Puissé-je y avoir réussi!...

Pour finir nous dirons comme Fontenelle, mourant à 102 ans.

Je finis à un âge très-avancé avec la certitude de n'avoir jamais écrit un mot qui pût faire rougir un enfant

---

1. Le duc de Gaëte, ministre des Finances sous Napoléon. Ier a publié deux gros in-folios sur l'économie domestique.

TABLE DES MATIÈRES